UMA FÁBULA DE
RAY
BRADBURY

AHMED
E AS
MÁQUINAS
ESQUECIDAS

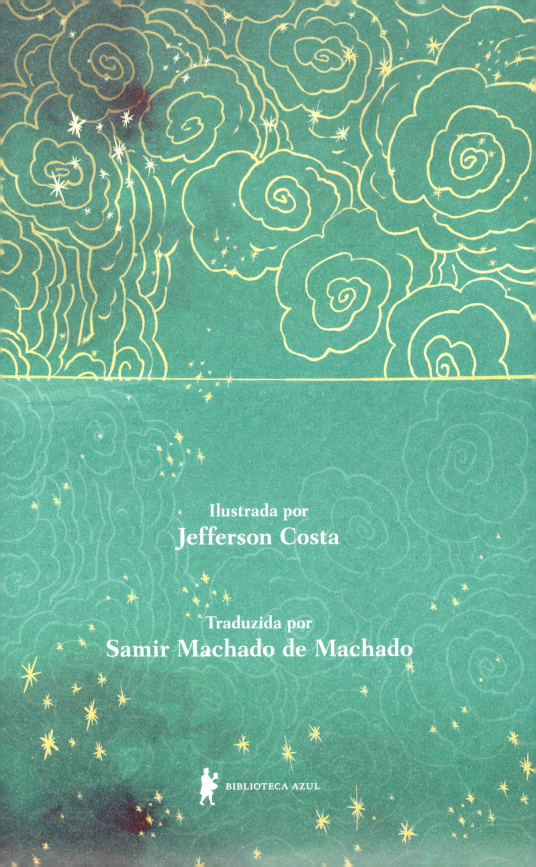

Ilustrada por
Jefferson Costa

Traduzida por
Samir Machado de Machado

BIBLIOTECA AZUL

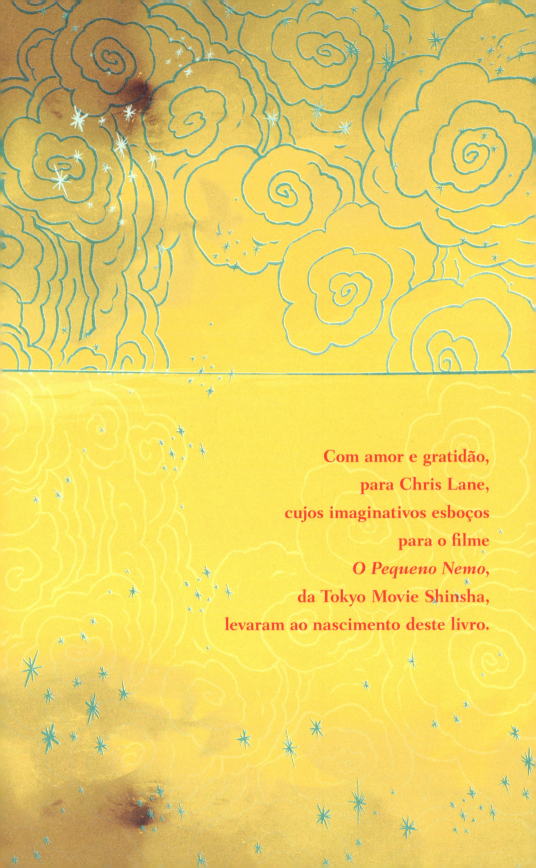

Com amor e gratidão,
para Chris Lane,
cujos imaginativos esboços
para o filme
O Pequeno Nemo,
da Tokyo Movie Shinsha,
levaram ao nascimento deste livro.

Aconteceu na noite após o dia em que uma

gaivota foi vista sobre o deserto que Ahmed, filho de Ahmed, caiu de seu camelo e se perdeu enquanto a caravana seguia entardecer adentro.

A gaivota apareceu voando ao meio-dia, vinda de algum lugar, indo para lugar nenhum, dando voltas ao redor de alguma terra invisível que, disseram, foi rica de grama e água, e que por nove mil anos não viu outra coisa senão água e grama.

Olhando para cima, Ahmed disse:

— O que esse pássaro procura? Aqui não tem nem água nem grama, então para onde ele vai?

Seu pai respondeu:

— Havia se perdido, mas agora achou seu caminho, voltando ao mar de onde veio.

A gaivota os circundou uma última vez, grasnando.

— Ah — murmurou Ahmed. — Será que algum dia nós voaremos?

— Num outro ano — disse seu pai —, mas ninguém sabe seu nome. Venha. Você deve caminhar antes de cavalgar e cavalgar antes de voar. Seu camelo vai criar asas à noite?

E foi naquela noite que Ahmed observou o céu e contou as estrelas, até que ficasse tonto de tanto contar. Então, ébrio de tanta luz, balançou ao aspirar o vento noturno. Louco de deleite por tudo o que viu nos céus, tombou de lado e caiu e foi enterrado pelas areias frescas. Assim, oculto de seu pai e da caravana de animais em marcha, foi deixado para morrer nas dunas nas horas após a meia-noite.

Quando Ahmed emergiu das areias, havia apenas as pegadas dos grandes camelos sendo sopradas pelo vento, por fim desaparecendo num sussurro.

— Vou morrer —, pensou Ahmed. "Pelo que estou sendo punido? Tenho só doze anos, não lembro de nenhum crime horrível que tenha cometido. Em outra vida, terei sido mau, um demônio oculto que agora foi descoberto?"

E foi então que seu pé raspou em algo debaixo das areias em movimento.

Ele hesitou, então ajoelhou-se para afundar bem as mãos, como se procurasse prata escondida ou ouro enterrado.

Algo maior que um tesouro surgiu diante de si conforme ele varria a areia, deixando que o vento noturno a soprasse embora.

Um rosto estranho o encarou, um baixo-relevo em bronze, o rosto de um homem sem nome ou um mito enterrado, imenso, fazendo careta a seus pés, magnífico e sereno.

— Ó, deus antigo, qualquer que seja seu nome — murmurou Ahmed. — Ajude este filho perdido de um bom pai, este menino perverso que nunca fez mal nenhum senão dormir na escola, fazer corpo mole, não rezar de coração, ignorar sua mãe e não ter grande estima por sua família. Por tudo isso eu sei que devo sofrer. Mas aqui no meio do silêncio, no coração do deserto, onde nem mesmo o vento sabe meu nome? Tenho que morrer tão jovem? Terei eu que ser esquecido sem nunca ter sido?

O rosto de bronze em baixo-relevo do deus antigo o encarou enquanto a areia escorria sobre sua boca vazia.

— Que orações devo oferecer — Ahmed perguntou —, que sacrifícios devo entregar para que tu, ó antigo, aqueças teus olhos para que vejam, tuas orelhas para que escutem, tua boca para que fale?

O deus ancestral respondeu apenas com a noite, o tempo e o vento, em sílabas que Ahmed não compreendia.

Por isso ele chorou.

Assim como nenhum homem ri igual ou nenhuma mulher se move do mesmo modo, também nenhum menino chora igual ao outro. É uma linguagem que o deus ancestral conhece. Pois as lágrimas que saem dos olhos para a terra vêm direto da alma.

E as lágrimas de Ahmed choveram sobre o rosto de bronze em baixo-relevo do espírito ancestral e lavaram suas pálpebras fechadas até que elas tremeram.

Ahmed não viu, mas continuou chorando, e aquele sua chuvinha tocou as orelhas quase desencobertas do deus enterrado, e elas se abriram para escutar a noite e o vento e o choro, e então as orelhas moveram-se!

Mas Ahmed não viu isso, e suas últimas lágrimas umedeceram a boca do deus, para ungir a língua de bronze.

Por fim, o rosto inteiro foi lavado e chacoalhou rugindo numa risada tão aguda que Ahmed, chocado, recuou e gritou:

— Quê?

— De fato, o quê? — disse a boca aberta do deus.

— Quem é você? — perguntou Ahmed.

— Uma companhia na noite do deserto, um amigo do silêncio, companheiro do crepúsculo, herdeiro da alvorada — disse a boca fria. Mas os olhos eram amigáveis, vendo Ahmed tão jovem e assustado. — Garoto, teu nome?

— Ahmed das caravanas.

— E eu? Devo contar-te minha vida? — perguntou o rosto de bronze, encarando-o nas areias banhadas de luar.

— Ah, por favor!

— Eu sou Gonn-Ben-Alá. Gonn, o Magnífico. Guardião dos Fantasmas dos nomes perdidos!

— Podem os nomes ser fantasmas e se perder? — Ahmed limpou seus olhos para ver mais de perto. — Grande Gonn, há quanto tempo você está enterrado aqui?

— Ouça! — murmurou a boca de bronze. — Compareci a meu próprio funeral há dez mil vezes dos seus dias.

— Eu não consigo contar tanto.

— Nem deveria — respondeu Gonn-Ben-Alá. — Pois me encontrou. Suas lágrimas fizeram meus olhos verem, meus ouvidos escutarem, minha boca falar muito antes do Saque de Roma ou da morte de César, de volta às cavernas e aos leões e à ausência de fogo. Ouça! Você quer salvar um pouco mais de mim e tudo de você?

— Quero sim!

— Então sem mais lágrimas! Sem mais choro! Com seu manto, limpe as dunas nos revestimentos de meus braços. Erga Gonn, o Grande, para as estrelas. Faça emergir meus ossos enterrados, e cubra-os com seu hálito de tal modo que, muito antes do amanhecer, o grande Gonn tenha renascido de seus sopros e gritos e orações! Comece!

E Ahmed ergueu-se e soprou e rezou e gritou com satisfação e usou seu manto como vassoura para varrer e dar vida a esse novo amigo de tamanho tal que as estrelas, ao vê-lo, dançaram em seus eixos e estremeceram em seus giros incandescentes.

E o que o sopro de Ahmed não moveu seus pés descalços chutaram longe ao vento, até que o grande torso de bronze ficasse livre. E então surgiram os braços longilíneos, os punhos fechados, pernas e pés incríveis, de tal modo que o deus nu estava despido das dunas ancestrais e deitava-se sob os olhares abrasadores de Aldebarã, Órion e Alfa do Centauro. A luz das estrelas terminou de fazer a revelação, no momento em que o sopro de Ahmed, uma fonte, secou.

— Eu sou! — bradou Gonn-Ben-Alá.

E ele ficou ali deitado, com a largura de três homens e a altura de doze, seu torso, um monumento, seus braços, obeliscos, suas pernas, cenotáfios, seu nobre, rosto metade esfinge, metade o deus-sol Rá, de sabedorias árabes em seus olhos flamejantes, e a tempestade da voz de Alá na caverna de sua boca.

— Eu — disse Gonn-Ben-Alá — sou!

— Ah, você deve ter sido um grande deus — disse Ahmed.

— Eu caminhei pela terra fazendo sombra em continentes. Agora ajude-me a levantar! Fale meus hieróglifos. As marcas de garras de pássaros que de solstício em solstício tocaram minha argila com orações em código, leia e fale!

E Ahmed falou para as areias:

— Agora, Gonn de Antanho, seja jovem. Erga-se. Aqueça os braços, aqueça o sangue, aqueça o coração, aqueça a alma, aqueça o hálito. Para cima, Gonn, para cima! Longe da morte!

O grande Gonn se remexeu e se acomodou, e então, com um grande berro, alçou-se aos céus pairando sobre Ahmed, seus membros mergulhados fundo na maré das areias feito estacas arquitetônicas. Libertado, ele gargalhou, pois era agora uma bondade incalculável e indescritível.

— Há um motivo, garoto, de você ter encarado as estrelas e caído para marcar as areias e me despertar. Eu esperei uma eternidade por você, o guardião dos céus, o herdeiro do sonho, aquele que voa sem voar.

E Gonn-Ben-Alá moveu seus braços para tocar os horizontes.

— O sonho existe há tempos. Ah, as nuvens, os homens disseram. Ah, as estrelas e o vento que move não as estrelas, mas as nuvens. Ah, as tempestades que vagam pela terra para ceifar nosso fôlego. Ah, os relâmpagos que tomaríamos emprestados e os furacões que cavalgaríamos. Em que desesperos ciumentos nos deitamos noite após noite, irritados por não saber voar! Então você, garoto, é o Guardião da Tempestade.

E Gonn tocou a testa de Ahmed.

— Guie-me com seus sonhos, que agora devem ser relembrados.

— Como posso me lembrar do que não aconteceu? — Ahmed sentiu seus olhos, sua boca, suas orelhas.

— Dê um passo, ande, corra. Daí pule, salte, voe...

E, enquanto observavam, uma grande nuvem de escuridão ergueu-se daquele norte de onde toda frieza vem, e daquele oeste que engole o sol, e daquele leste que vem na esteira da morte do sol e escurece o céu. Houve nevascas e furacões nas nuvens e tempestades de raios em seus sótãos e o som de funerais sem fim lamentando enquanto eles caíam pela beirada do mundo. A grande escuridão pairou sobre Ahmed e Gonn-Ben-Alá.

— O que é aquilo? — perguntou Ahmed.

— Aquilo — disse Gonn — é o Inimigo.

— E existe algo assim?

— Metade de tudo que há é o Inimigo — disse Gonn. — Assim como metade de tudo é o Salvador, a brilhante lembrança do meio-dia.

— E qual é o nome desse Inimigo?

— Ora, criança, é o Tempo, e o Tempo Outra Vez.

— Mas, ó poderoso Gonn, e o Tempo tem forma? Não sabia que se podia ver o Tempo.

— Uma vez tendo acontecido, sim. O Tempo possui formas e sombras para serem vistas. Aquele, na beirada do mundo, é o Tempo que Será. A lembrança do porvir de coisas que serão apagadas, destruídas, se você não agarrá-las, semeá-las, moldá-las com sua alma, ressoá-las com sua voz. Então o Tempo se torna companheiro da luz e deixa de existir como inimigo dos sonhos.

— É tão grande — disse Ahmed. — Tenho medo!

— Sim — disse Gonn —, pois é o próprio Tempo contra quem lutamos, o Tempo e o modo como os ventos sopram, o Tempo e o modo como o mar se move para cobrir, esconder, obliterar, erodir, mudar. Nós lutamos para nascer ou não nascer. O Não Nascido está sempre lá. Se conseguirmos acendê-lo com nossas almas, trazê-lo ao mundo, sua escuridão cessa de existir. É para isso que preciso de você, garoto, pois sua juventude é uma força, assim como sua inocência. Quando eu falhar, você deve vencer. Quando eu vacilar, você deve correr. Quando eu dormir, você deve manter seus olhos fixos nas estrelas para aprender suas jornadas. Ao amanhecer, as estrelas terão deixado seus caminhos celestiais, suas Estradas Reais, como suspiros impressos no ar. Antes do amanhecer apagá-las, você deve gravá-las na sua mente para mostrar o caminho!

— Eu consigo fazer isso?

— E ganhar um mundo e mudar o destino dos homens em nuvens e voos? Sim. Se você voar alto, não conseguirá escapar do Tempo, mas poderá acompanhar seu ritmo, e em seu ritmo terminar como seu guardião.

— Mesmo assim… eu nunca voei!

— Já houve o dia em que você nunca viveu. Você teria se escondido para sempre no ventre de sua mãe?

— Ah, não!

— Bem, então, antes que o Tempo nos enterre, escute isto... — Gonn ergueu os braços para o céu. — Eu sou o deus de todos os céus e ares e ventos que já sopraram sobre a terra desde que o Tempo começou, e todos os sonhos noturnos dos homens que quiseram voar e perderam suas asas. Então! Convocarei as naves fantasmas feitas de vento para velejar Tempo abaixo e cruzar sua visão e agradar seu coração! Agora vá! Ouça, enxergue, para realmente ver!

E Gonn naquele momento cresceu até que suas narinas atravessaram as nuvens para tocar o céu.

— Que se ergam todas as máquinas-pipa, que tempestades de tempo irrompam para convocar fantasmas. Escutem-me, todos vocês, ventos nortes que assombram as terras. Todos os vendavais que se erguem do sul para atear verões ao redor do globo. Escutem-me, ventos do leste e do oeste, plenos de frágeis esqueletos de máquinas impossíveis! Ouçam!

Então Gonn, o Magnífico, gesticulou como se tocasse harpa.

— Ahmed, que conhece o futuro, mas não sabe que sabe! Corra, pule, voe!

E Ahmed correu, pulou e então...

— Estou voando! — Ahmed engasgou-se.

— Está mesmo! — Gonn moveu os dedos puxando os cordões de sua marionete. — Mas, se formos para o norte, perderemos o que há no sul. Se formos para oeste, deixaremos passar os mistérios do leste. Apenas se voarmos em todas as direções encontraremos o que procuramos. Asas, garoto. Asas!

Ahmed girou, enlouquecido e alarmado.

— Mas se voarmos em todas as direções, como chegaremos em algum lugar? Não há mapas?

— Apenas aqueles que foram escritos no seu sangue.

— Mas — disse Ahmed —, ó deus das confusões, para onde estamos indo?

— Para amanhontem!

— Amanhontem?

— Aquilo que já foi e que um dia será! Preso em seu coração, lembranças do tempo perdido. Fantasmas enterrados no passado. Fantasmas enterrados para serem despertos, no futuro.

— Em que ano? — gritou Ahmed, de cabeça para baixo.

— Em qualquer ano, não existe isso de anos. O homem inventa o nome dos anos para acompanhá-los. Não pergunte o ano.

— Que dia, então, e em que hora? — Ahmed sentia as palavras se desfiarem de sua boca.

— Relógios são máquinas que imitam o Tempo. Existe apenas o nascer e o pôr do sol. Não existe isso de semanas e meses e horas. Digamos apenas que nos movemos pelo espaço.

— Na direção do que já foi? Na direção do que um dia vai ser?

— Garoto esperto. É isso que o Tempo realmente é. O passado que tentamos recordar ou o futuro que é tão oculto e impossível quanto!

— Iremos em ambas as direções, então?

— Verdade, esse é nosso movimento. Testemunhe!

E Ahmed olhou para baixo e viu: um vasto mar de areia que se estendia de costa a costa, ondulando em si mesmo, quebrando em borrifos de branco, floreios de pedras e rochas e cascalhos que atravessaram os celeiros do mar há milhões de anos, antes do mar recuar e deixar para trás esse deserto infinito com homens a armar suas tendas e conduzir seus camelos e erguer as muralhas de cidades. Mas agora estava tudo imóvel, um grande lençol de dunas silenciosas do qual, aqui ou ali, suaves elevações de bancos de areia apareciam como se os membros e torsos de deuses enterrados se escondessem abaixo da superfície. E aqui e ali, meio descoberto, meio encoberto, o rosto mascarado de um antigo adorador das estrelas volventes, dos ventos soprados e dos anos desconhecidos, era peneirado como o suave véu de uma tempestade de

areia, aqui um nariz prestes a despontar, ali um queixo esperando para tremer, uma boca para falar, ainda que engasgada com areia. E debaixo de mais outra duna, uma testa proeminente, perdida em seu próprio passado, enlouquecida pelo silêncio.

— Oh — alarmou-se Ahmed, balançando os braços em pânico para nadar no ar —, o que está enterrado aqui? Uma cidade há muito morta ou uma cidade ainda por nascer, esperando para vir ao mundo?

— Ambas!

— Como pode ser isso? — Ahmed mergulhou, e então subiu, dizendo: — Como?

— Uma é memória perdida. A outra é lembrada muito além do amanhã. Chamamos isso de "sonho". Pois lembrar reconstrói o passado. Imaginar constrói o futuro. Uma

cidade cabe dentro de outra. A vida existe dentro da morte. Nossos futuros se erguem de túmulos. Duas cidades. Uma irreal, porque já desapareceu. A outra irreal porque reside naquele túmulo vivo entre as orelhas do adormecido. O passado existe porque já foi real uma vez. O futuro existe porque precisamos que seja real. Olhe para esta cena fantasma. Diga-me, o que está perdido, o que ainda está por ser encontrado? O que foi deixado para trás, o que jaz adiante? Não são gêmeos? Não é o futuro um espelho refletindo o passado, ansioso por nascer? Fique em silêncio. Testemunhe. E então fale!

Ahmed sobrevoou e encarou, encarou e piscou, esquadrinhando aquela terra deserta iluminada pelo sol nascente de milhares de anos atrás ou pelo sol poente de calendários que ainda não haviam sido impressos. E então disse:

— Eu sinto... muitos homens, muitas mulheres perdidos sob o sol, indo e vindo com seus filhos e filhas. Sinto grandes pedras. Será que isso é um cemitério, com catacumbas e tumbas ao longo desse mar seco? Catacumbas, tumbas, múmias, morte! — gritou Ahmed, enrolado em gelo, afogando-se em ventos frios. — Morte!

— Não! — bradou Gonn, alcançando o garoto para segurá-lo. — Porões! Porões de bibliotecas a serem preenchidos com pensamentos, fantasias, futuros impossíveis trazidos à vida!

— Morte! — gritou Ahmed, e então, olhando para as distantes terras de areia onde animais intocáveis caminhavam afastando-se mais e mais dele: — Pai!

— Não saia chamando pais — disse Gonn. — Chame a si mesmo para ser salvo.

— Morte! — e com um grito de lamúria, Ahmed caiu.

E conforme caiu, suave, encolhido, exausto, esvaziado feito um grande balão de ar, assim também Gonn caiu gemendo nas dunas. Onde tombou feito um grande meteoro, apenas uma cratera de areia mostrava sua ruína, enquanto Ahmed, caindo de modo parecido, não afundou na areia, mas esparramou-se, atordoado, recompondo-se sob um céu vazio e uma procissão vazia de dunas iluminadas pelo luar.

— Gonn! — ele chamou.

Sem resposta.

— Gonn — ele choramingou.

Silêncio.

Uma leve sucção na areia formou uma covinha, murmurando, perto de sua face.

— Viu... — disse o murmúrio oco — o que... — disse a voz perdida — você... — Mais areia afundou em si mesma — fez? — E enfraquecendo: — Estou morrendo. Você... me... matou.

— Não! — Ahmed agarrou o buraco que se afunilava na duna. — Volte, Gonn. Eu preciso de você!

— Não... — disse a voz debaixo da areia. — Não de mim...

Ahmed cavou, frenético, agarrando e jogando apenas areia no ar.

— Gonn. Onde você está? Levante-se.

— Seu pai me puxa para baixo.

— Ele não pode. Ele não deve!

— Ele é seu passado. Você deve ser seu futuro. Deixe-o de lado. Tire-o de meus braços, meu coração, minha cabeça!

— Como, como?! — Ahmed cavou mais fundo, não encontrando nada ainda.

— Evite seu olhar. Não olhe para horizontes com o sangue de seu coração ou de animais que estão presos à terra. Dance sobre meu túmulo.

— Quê?

— Dance. Sem mais lágrimas ou serei afogado, assim como levado à morte. Estou quase no fim. Dance.

E secando seus olhos, sem olhar para o horizonte onde vivia seu pai prestes a ser esquecido, Ahmed dançou.

E debaixo da fria duna, muito depois da meia-noite, ele sentiu uma agitação, uma grande comoção como se o coração de um deus tivesse começado a bater.

E ele dançou mais.

— Cante... — disse o poderoso sussurro.

E Ahmed não apenas dançou para chutar longe a areia, mas cantou como se estivesse no mais alto minarete de um grande país, e o grande coração oculto foi crescendo e pulsando de volta à vida.

E se, por um instante Ahmed erguia seu olhar para perscrutar a terra, preparando-se para gritar, então o grande coração abrandava e a areia parava, por isso ele fixava seu olhar apenas em seus pés, que se moviam e pulavam e bombeavam o coração oculto enquanto ele gritava palavras loucas de amor para exumar, reviver, prolongar, despertar.

— Sim! — disse o poderoso sussurro, a voz enterrada.

— Ah, sim, filho do meu coração e da minha vida, ele que

dança para despertar o fogo e não conhece os limites do céu e da terra. Dance, cante, dance, isso!

E com essa última explosão, as areias se desfizeram e, feito uma montanha, uma tempestade, feito fogos de artifício, Gonn renasceu, disparou e levou Ahmed consigo.

Entre as nuvens, os dois riram e as lágrimas de Ahmed eram lágrimas de alívio e alegria, e assim foram aceitas, conforme Gonn disparava perguntas:

— A caravana ainda existe?

— Não — disse Ahmed.

— Você a vê em algum lugar?

— Não — respondeu Ahmed.

— E os homens naquela longa marcha?

— Se foram — respondeu Ahmed.

— E o pai de alguém com eles?

— Esse pai se foi com eles.

— O que significa que o presente não pode cegá-lo para o futuro? Bom — disse a grande boca na grande cabeça do grande corpo. — Veja mais! Seja um escavador decente. Deixe sua alma instruir seu coração, deixe seu coração falar por sua língua. Expire. Celebre. Grite!

Ahmed respirou fundo naquele ar altamente doce e limpo.

— Solte! — disse a grande boca, quase o engolindo.

Ahmed soprou forte todo aquele ar incrível.

E o mar seco abaixo, as marés de dunas sobre dunas de costa a costa tremeram.

— De novo!

Ahmed soprou.

E as areias enxamearam feito gafanhotos voando.

E o que jazia por baixo foi revelado.

— Grande Gonn — Ahmed apavorou-se de alegria. — Eu que fiz isso?

— Tudo isso foi Ahmed que fez.

E abaixo deles não havia mais cidades enterradas pedra sobre pedra, mas penhascos de mármore do qual um dia essas cidades seriam construídas, e sobre os penhascos havia criaturas feitas de sangue, ossos e membranas, que se balançavam e voavam feito pipas cortando os ventos como foices; répteis risonhos de sorrisos desagradáveis e oleosos.

— Que horror! — Ahmed teve um calafrio e ergueu as mãos para cobrir o rosto. — Quem fez eles?

— Ora, o Único Deus cujo pesadelo os fez nascer.

— Como eles se chamam?

— Não chame, eles podem vir. Eles ficaram sem nome por milhões de gerações bestiais, até serem nomeados nas paredes de museus. Mas essas pipas ossudas foram fechadas como leques muito antes de você despertar no útero. A impressão sorridente de suas asas está gravada na rocha debaixo dos penhascos. Nenhum homem ou macaco jamais testemunhou seu voo. Restou somente o hieróglifo de seus sorrisos. Rápido!

E Gonn e Ahmed voaram para cima numa explosão de morcegos que dispararam de cavernas à meia-noite, lançados para se alimentar em ventos de gafanhotos e mariposas e mosquitos.

E o céu estava vazio agora, conforme árvores se erguiam e esquilos voadores planavam contra a lua.

— Voos — sussurrou Gonn. — E mais voos. Jornadas altivas para deixar os homens loucos de inveja quando enfim o homem vier. Voos.

— Voos — disse Ahmed.

E então o grande amigo de Ahmed soprou, como fez o menino, e mais areias salpicaram sobre margens vastas como o céu eterno, para revelar ruas e cidades e pessoas fixas ali como estátuas, ilhadas conforme o mar seco ia desaparecendo, e elas todas olhavam para os penhascos onde outrora aquelas pavorosas pipas planaram, mas agora, conforme o sol se levantava em meio à escuridão, um homem e seu filho, vestidos de plumas douradas embebidas em cera brilhante, punham-se na ponta dos pés à beira do penhasco.

— Mais alto — clamou Ahmed. — Eu preciso ver!

E Gonn-Ben-Alá girou mais alto para ver o homem e seu filho pularem com suas asas douradas, voando do penhasco, com o filho subindo mais e mais alto, até que o velho pai, alarmado, tentou chamá-lo de volta para baixo. Mas o sol do meio-dia aqueceu suas asas e a cera derreteu em lágrimas douradas que gotejaram de seus pulsos, ombros e braços. E ele caiu dos céus feito uma pedra.

— Segure-o! — gritou Ahmed.

— Eu não posso.

— Você é um deus que pode tudo.

— E ele é um mortal que precisa tentar tudo.

E o aeronauta das asas douradas bateu no mar e afundou em anéis brilhantes, e o mar ficou em silêncio e o sol morreu e a lua retornou.

— Que horrível! — disse Ahmed.

— Ah, que bravura — disse Gonn.

Eles aproximaram-se para ver o pai pairando, indo chorar sobre a quietude das ondas.

— Isso tudo realmente aconteceu? — perguntou Ahmed. — Deve ter acontecido.

— Então aconteceu.

— Mesmo que as asas dele tenham derretido e ele tenha caído?

— Mesmo assim. Não há fracasso em tentar. Não tentar é a maior das mortes.

— Mas o que isso significa?

— Significa — disse Gonn-Ben-Alá — que você deve jogar penas ao vento e adivinhar sua direção para todos os pontos da bússola do coração. Significa que você deve pular de penhascos e construir suas asas no meio do caminho!

— E cair? Sem nunca ter medo?

— Medo, sim, mas bravura acima do medo.

— Isso é coisa demais para um menino.

— Cresça com sua grandeza, deixe que rasgue sua pele para liberar, ah!, a borboleta. Rápido!

E eles voaram pelas correntes de vento sobre a terra e contemplaram:

Uma aeronave feita de cardos, pólen e pétalas, feita com tanta leveza que estremecia ao sopro de uma criança. Os mastros e retrancas eram imensos caniços que vergavam sob o peso de dentes-de-leão fantasmas. As velas eram feitas de teia de aranha e névoa do pântano, e o capitão da nave era uma múmia levíssima, feita de erva-do-tabaco e folhas de outono, que farfalhavam mesmo quando as velas acima dele enfrentavam ventos de tempestade. Uma nave de muitos metros, para poucos gramas de carga. Espirre! Ahmed espirrou. E ela se desfez em flocos.

E voando pelas correntes de vento outra vez, contemplaram: um balão maduro feito um pêssego e da altura de dez acrobatas, estufado com o ar quente que vinha de uma cesta de fogo pendurada debaixo de sua bocarra, inalando chamas, ascendendo com seus passageiros — um galo, e um cão latindo para a lua, e dois homens acenando para um mar de gente abaixo.

E uma mulher com um vestido e chapéu estranhos, rindo entre as nuvens enquanto seu balão pegava fogo e caía, num grito agudo.

— Não! — gritou Ahmed.

— Não rejeite visão nenhuma. As pessoas caem para se erguer novamente! — sussurrou o Grande Deus do Tempo e das Tempestades. — Abra seus olhos!

Ahmed piscou e viu a curvatura da Terra, onde uma pipa voava numa corrente de nuvens. Numa grande moldura de bambu com estandartes de seda, feito uma aranha presa em sua teia brilhante, um homem lutava para ajustar a pipa. Vagando para cima e para baixo com as marés dos ventos, ele se elevava feito um ponto de exclamação selvagem.

— Estou voando — gritava —, estou voando!

E conheceu o prazer de pairar sobre um mundo noturno.

Mas ouvindo seu riso alto ao conquistar colinas de nuvens e tempestades, uma centena de homens murmuraram em seu sono e urraram balbúrdias para negar sua trajetória elevada. Ocultos da sua verdade ascendente, fecharam os olhos com força, apagaram seu voo como se nunca tivesse existido, e com armas vazias e mentes vazias dispararam contra o céu.

Então uma tormenta de flechas, com o símbolo do imperador da China em cada seta, se ergueu para perfurar aquele triunfo de papel e seda. O homem que voava alto foi atingido, pregado a uma nuvem, e seu último brado de "estou voando" se tornou "morrendo, estou morrendo", conforme ele caía como se um relâmpago tivesse rasgado suas sedas. Onde antes estava, agora havia ar e vazio.

Ele se foi como se nunca tivesse existido. Alvejado por homens que rejeitavam sua visão, destruído pela dúvida e pela inveja, o aeronauta abdicou de sua alegria, soltou as asas dos pássaros da memória e caiu.

E de repente, como se tivesse sido pregado ao próprio céu, Ahmed estremeceu como um brinquedo de papel.

— Não tem nada a dizer? — perguntou Gonn-Ben-Alá.

— Não tenho palavras para o que vi — lamentou o menino. — Ó, poderoso, como eu desejaria ter apenas um vislumbre de meu pai e meu camelo.

— Paciência. Você precisa ficar forte sem aquele remédio, e assim sobreviver para me fazer nascer...

Ahmed ficou surpreso.

— Mas você já nasceu! Estou falando com você. Você é real.

— Apenas a promessa de realidade, a possibilidade de nascimento.

— Mas eu falo, e você responde!

— Você não fala quando dorme?

— Sim, mas...

— Ora, então. Sem você, eu nunca irei realmente nascer. Sem mim, você será um morto-vivo. Você é forte o bastante para fazer nascer um deus?

— Se deuses podem nascer de meninos, então sim. E agora? — Ele olhou para o imenso rosto de bronze daquela divindade meio sonhada. — O que será?

— Isto! — bradou Gonn-Ben-Alá.

E abaixo, ao longo da infinita costa de areias mortas, estourou um vulcão de edifícios.

— O que são esses? — Ahmed indagou.

— Homens que voam com pedra, mármore e barro, que sonham com asas, mas se conformam com arcos e vigas, palácios e pirâmides, cada um mais portentoso que o anterior, destinados a voar sem sair do chão e então virar pó. Por não conseguir alcançar alto, se erguer livres, eles escolhem o caminho fácil, que, ainda à vista, faz crescer asas em seus peitos e faz seu sangue se erguer aos céus com aquele som estranho que a alegria produz, rindo ao ver tais edifícios quando abrem suas janelas para libertar suas almas. Mas isso não é voar de verdade, pois seus pés estão presos no barro. Mesmo nessas torres, onde as asas podem se desfraldar, toda a esperança morre e os homens afundam de volta em sonhos. Então, contemple uma pirâmide aqui, uma Grande Muralha acolá. Poleiros de onde meninos e homens adultos podem saltar para a morte, na esperança de ganhar asas.

E os ventos sopraram e as areias cobriram novamente as cidades, e Ahmed e Gonn velejaram para longe dali.

Viram homens que teciam tapetes e os atiravam ao alto com gritos:

— Ergue-te! — Mas os tapetes murchavam e caíam.

E viram um colecionador de borboletas costurar mil asinhas brilhantes num aflorar de voo primaveril que, assim que ele saltou do seu telhado, estourou com seu primeiro grito de alegria e seu último grito de silêncio.

E viram milhares de guarda-chuvas caírem conforme a gravidade da Terra achatava um menino louco num prado de verão.

E viram ainda outras máquinas, todas feitas de leques, cata-ventos e beija-flores tremelicantes, levadas debaixo da chuva, dissolvidas num mar inconsciente.

— Estou vendo! — disse Ahmed.

— Veja mais. De tudo o que descobriu nesta noite, convoque cada brinquedo enjeitado! Encha os céus, depois marque suas sombras a ferro em sua mente, para que nunca se percam. Agora!

— Sim! — Ahmed virou-se para gritar: — Todos vós, fantasmas do Eterno, ergam-se! Quem manda?

— Ahmed — murmurou Gonn.

— Ahmed! — repetiu o menino.

— Das Máquinas Esquecidas.

Ahmed hesitou e, então, disse: — Das Máquinas Esquecidas!

E onde antes havia uma centena, agora dezenas de milhares de formas de vespas, libélulas e répteis faziam a lua tremeluzir. E tudo ao redor era um som de rios e mais rios, de Amazonas caudalosos, de poderosos oceanos de asas.

E Ahmed bateu palmas e todos os céus ecoaram em trovões de aplauso sem relâmpago, batuques de clamor: erupções devastadoras de meninos e homens, esqueletos costurados ao longo das nuvens.

— Silêncio! — ordenou Ahmed, adivinhando o que dizer na quietude de Gonn. — Fiquem parados!

E o trovejar morreu e os fantasmas meio vistos, meio adivinhados foram transpassados contra um céu a meio caminho entre o apagar da lua e o nascer do sol.

— Agora — murmurou Gonn — Em todas as camas e todos os quartos do mundo.

— Em todas as camas — recitou Ahmed —, em todos os quartos do mundo, vão para suas janelas para ver o que deve ser visto!

E agora abaixo se espraiavam todas as cidades e vilas de sonhadores adormecidos.

— Acordem! — gritou Ahmed com a voz de Gonn. — Acordem enquanto o céu está repleto de formas. Vejam! Descubram!

— Deuses, ó deuses companheiros — exclamou Gonn de repente, engasgando, agarrando a garganta, o peito, sentindo os pulsos, os cotovelos, os braços. — Estou caindo, ó deuses irmãos, eu tropeço, eu tombarei!

E o grande Gonn pinçou o vento com os dedos, com as mãos, bateu os braços para cima e para baixo, revirou as nuvens com pernas frenéticas, olhando com medo para as cidades adormecidas abaixo.

— Eles me enterraram, me mataram milhares de vezes para que eu coubesse em milhares de tumbas sem nomes.

— Quem? — perguntou Ahmed.

— Os sonhadores que não sonham, os sonhadores que não fazem. Os incréus que matam o sonho. Os mortos-vivos que enxergam céus sem pássaros, mares sem navios e estradas sem cavalos nem carroça alguma, nem roda alguma. Aqueles que se deitam cedo e se levantam tarde e dormem ao meio-dia e comem figos e bebem vinho e prezam apenas a carne. Eles, ai, eles, eles, eles!

Ahmed olhou para baixo, piscando ferozmente, tentando encontrar o que foi descrito.

— Mas eles não estão fazendo nada! Estão todos dormindo!

— Seu silêncio entope meus ouvidos.

— Eles estão roncando!

— Eles inspiram, mas não expiram. Eles pegam ar e não entregam nada! Vou morrer disso!

E Ahmed viu o motivo: as cidades dormiam e a poeira sepultava os dorminhocos, que eram como poeira, e o sonho morria dentro deles, os ossos de sonhos sem carne, sem homens que os manejassem, sem pilotos para conduzi-los e guiá-los, sem carne para os ossos das Máquinas Esquecidas. Eram pipas fantasmas, ruínas nos céus, destinadas a se esfarrapar e nevar sobre túmulos de dinossauros e cemitérios de elefantes.

Homem nenhum se movia.

— Como eles podem te ferir, Gonn? Eles não estão nem se mexendo.

— Eles brincam de estátua e vão me transformar numa!

— Eles não sabem que você existe!

— Verdade! E eles não saberem é o que me diminui. Veja, eu perco sustância, carne e peso. Eu derreto com a descrença.

E Ahmed viu que isso também era verdade.

Como se queimasse nas comportas de uma chama invisível, o Grande Gonn agitou braços e pernas que foram diminuindo até chegar na medula. Onde antes havia um torso largo como uma sacada, agora apareciam costelas. Seu queixo afinou como uma espada, seu nariz como uma lâmina, seus lábios num sorriso de cera sobre dentes de caveira.

— Ó, grande Gonn, pare! — pediu Ahmed.

— Eu sou um deus cemiterial. Apenas carne viva e sangue e sonhos humanos podem ajudar. Eu, antes uma baleia, sou agora uma carpa e logo um alevino. Quem poderá me salvar?

— Gonn, ó Gonn! — O menino se contorceu para encontrar as palavras. — Eu!

— Você?! — gritou Gonn. — Terá aprendido bem a primeira lição?

— Sim! — gritou Ahmed.

Nisso o rosto de Gonn encheu-se de chamas rosadas e vermelhas e seu encolhimento parou e seus ossos e costelas desapareceram de novo sob a pele restaurada.

— Como ousa?

— Pois sou o único que está acordado! Você está vendo mais alguém? Eu estou aqui em cima, Gonn, mas eles também não sabem que eu estou aqui! Ah, eles que se explodam, Gonn, que os idiotas queimem!

E Gonn ganhou mais peso. Seus lábios esconderam seus dentes de caveira. Seus olhos fundos floresceram em pálpebras cheias.

— Você então seria um deus, como Gonn, para ser esquecido e talvez morrer antes de sua época?

— Por que não?

— Menino corajoso.

— Não, apenas louco!

— Loucura é coragem! Sua loucura é uma refeição. Engorde-me!

O menino pegou na mão de Gonn. E Gonn elevou-se feito um balão.

Ahmed olhou para sua mão, agarrada ao punho dessa divindade antes adoecida e agora recuperada.

— Funciona!

— Sim! — riu Gonn. — Orações constroem grandes fortalezas nos céus!

— Eu nunca rezo!

— Reza sim! Aquele que fala do futuro está rezando!

Ahmed perscrutou as dunas sombrias e ruínas afundadas.

— Ensine-me mais, Gonn. Como voar mais alto e mais longe e mais rápido para…

— Para?

— Para que eu possa voar sobre essas ruínas e cidades e gritar.

— Para acordar os mortos?

— Alguns vão escutar, não? Alguns vão acordar, sim? Se eu continuar gritando.

— Uma vida inteira gritando? Para dizer o quê?

— "Olhem para cá. Que alto. Que grandioso. Que alegria. Vocês também!"

— As músicas mais simples são as melhores. Você acabou de cantar uma. De modo que agora você é Gonn, o insignificante, a caminho de se tornar filho de Gonn, e um deus grandioso.

— Eu só quero que o mundo seja grandioso.

— Altruísmo; isso lhe garante mais mil anos no Paraíso.

— Não no Paraíso! Eu só quero as pessoas fora da cama. E quero ficar com você, Gonn, para sempre!

— Não! Agora que ele tem um filho, Gonn deve tomar seu lugar no Tempo. Leve-me de volta para onde você me acordou chorando. Enterre-me. Desta vez, com lágrimas de alegria.

— Ó, Gonn, não fique morto!

— Ah — riu o deus —, eu não vou morrer! No momento de seu nascimento, criança, não sabia você que minha marca foi estampada na sua testa?

— Aqui? — Ahmed tocou a testa.

— Minha imensa impressão digital, que se esconde no labirinto do seu eu oculto. Que coisas você poderá ser! Essa impressão digital é toda sua vida futura, seus sonhos e feitos, se você agir. Mas na hora do nascimento, essa grande marca desapareceu, afundou de volta em sua testa para se esconder e não ser vista...

— A não ser...

— Que você a procure todos os dias de sua vida, em espelhos onde você beba profundamente para encontrar o seu verdadeiro eu, e se tornar quem nasceu para ser nesta terra.

— E se eu não encontrar a impressão na minha testa?

— Você precisa procurar todo dia para achar uma linha; ao anoitecer, outra linha; até que, plenamente crescida, você se olhe no espelho e esteja tudo lá. Sua testa é grande o bastante para dividir espaço? Tem espaço para meu corpo, braços, pernas, cabeça e boca clamorosa nesse crânio? Permissão para me esconder?

— Ah, Gonn — o menino riu. — Fique à vontade!

— Então me esconda para que eu viva, criança, detrás de teus olhos. Rápido, algumas últimas lições. Vamos!

E de mãos dadas por entre as nuvens e o céu, Gonn fez sombra às cidades cemiteriais e às avenidas de poeira, e deu ao menino mais carne e asas mais poderosas, ainda que invisíveis. E Ahmed gritou para os lugares desaparecidos abaixo.

— Eu vou voltar! Não vou deixar vocês descansarem!

E eles voaram até que, exaustos, se assentaram no poço vulcânico de onde Gonn havia se elevado para fazer sombra aos céus.

— O sol se põe. Antes disso, você encontrará sua caravana, criança.

— Mas eu estou perdido!

— Antes, algumas horas atrás, sim. Mas voe alto o bastante, olhe longe, e lá estará ela.

— Não posso deixar você aqui — o menino choramingou.

— Volte daqui a muitos anos, como homem, quando você tiver inventado o ar e nadado em nuvens e movido o mundo de um lugar ao outro em sua própria Máquina Esquecida. Então cave e encontre o grande rosto dourado do seu Gonn, como estava ainda hoje ao nascer do dia, e coloque-o como medalhão em seu aparelho de raios, e nós voaremos outra vez. Pronto, Ahmed?

— Pronto!

— Agora chore para molhar a areia e umedecer meu caminho.

E Ahmed soltou suas últimas lágrimas, que fizeram exatamente isso.

E Gonn, com uma risada estrondosa e piscando ambos os olhos dourados, afundou mais e mais feito uma enorme lança conduzida por um último estouro de luz, até que seus próprios olhos úmidos tivessem sumido, e depois sua testa e depois seu cabelo soprado pelo vento, e então as areias se acalmaram, soprando com a brisa do entardecer.

Ahmed enxugou os olhos, encarando os céus.

— Eu já me esqueci.

— Não — Um sussurro veio da areia. — Primeiro, esquerda.

Ahmed ergueu seu braço esquerdo.

— Agora, direita.

Ahmed ergueu seu braço direito.

— Agora esquerda e direita, direita e esquerda, para cima, para baixo, para baixo e para cima, esquerda e direita. Isso! Ah!

E Ahmed voou.

E, suspirando, Ahmed se lançou sobre uma faixa de deserto até descer suavemente onde a caravana dormia com seus animais, e onde seu pai, acordado e lamentando pelo filho perdido, saiu de sua tenda para tropeçar surpreso nesse mesmo filho e não reconhecê-lo no escuro. Então, reconhecendo-o, caiu de joelhos e abraçou Ahmed, chorando, e louvou o Deus que é o Único Deus.

— Meu filho, ai, meu filho, onde você esteve?

— Eu voei, pai. Veja. Por sobre o norte. Aquelas nuvens. Eu vivi lá por um tempo. Havia milhares de naus no ar ao meu redor que passavam pela lua. Eu estava perdido, mas ele me mostrou o caminho através da noite.

— Ele?

— Ele cujos pés bebem da terra e cuja cabeça conhece os céus. E você não pode vê-lo, pai, pois ele está escondido — Ahmed tocou sua testa. — Não vê a marquinha de um grande polegar?

O pai de Ahmed olhou atentamente para o rosto de seu filho e viu nele os céus e a noite e as viagens longínquas.

— Alá seja louvado — disse ele.

— Ó, pai — disse Ahmed. — Se alguma noite eu cair da caravana outra vez, será que poderei aterrissar num chão de mármore?

— Mármore? — O pai fechou os olhos e pensou. — Num lugar ao norte onde vivem os eruditos, e onde os estudiosos educam e os educadores estudam? Estudar o quê?

— O ar, pai. Os ventos e, talvez, as estrelas.

O pai olhou para o rosto do filho.

— Assim deve ser.

E entre os camelos adormecidos, em sua tenda Ahmed foi posto para descansar e no tempo antes do amanhecer chamou em seu sono.

— Gonn?

— Sim. — Um sussurro.

— Você ainda está comigo?

— Para todo o sempre, menino. Contanto que você teça minhas sombras entre suas orelhas. Pinte imagens nos lados internos de visões, para que nunca fique sozinho. Fale, e eu me manifestarei. Sussurre, e irei costurar e tecer. Chame, e serei o companheiro da luz. Veja!

E dentro de sua cabeça, de fato, Ahmed contemplou os céus povoados de naves que giravam, moldadas em folhas de ouro e lâminas de prata, com sedas da cor da lua.

— Ah, Gonn... — murmurou o menino.

— Não diga meu nome. Eu tenho outro agora! — E mais fraco: — Ahmed. Me chame assim.

— Ahmed?

Silêncio. Um vento de alvorada.

Sono. E em seu sono, Ahmed viu a si mesmo crescido e a bordo de uma grande nave com lâminas giratórias, cujos exaustores agitavam as areias quentes mais e mais longe, até que ele olhou para baixo e viu.

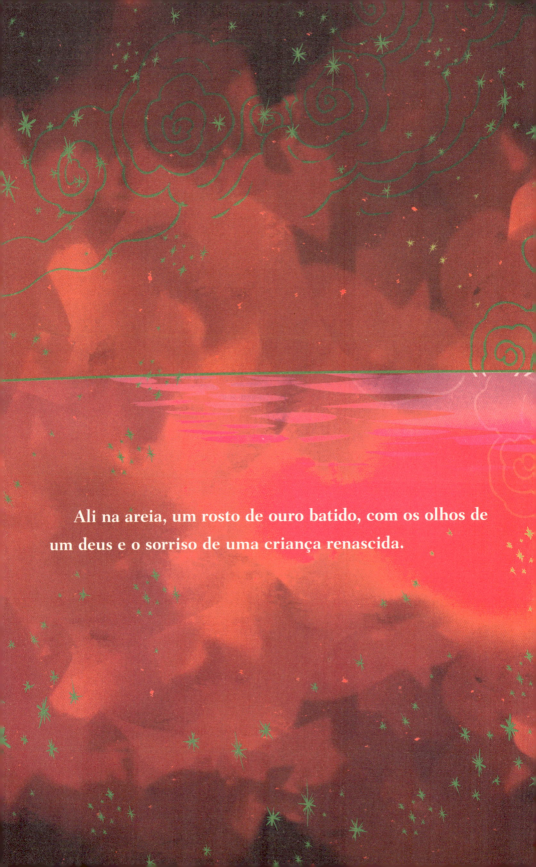

Ali na areia, um rosto de ouro batido, com os olhos de um deus e o sorriso de uma criança renascida.

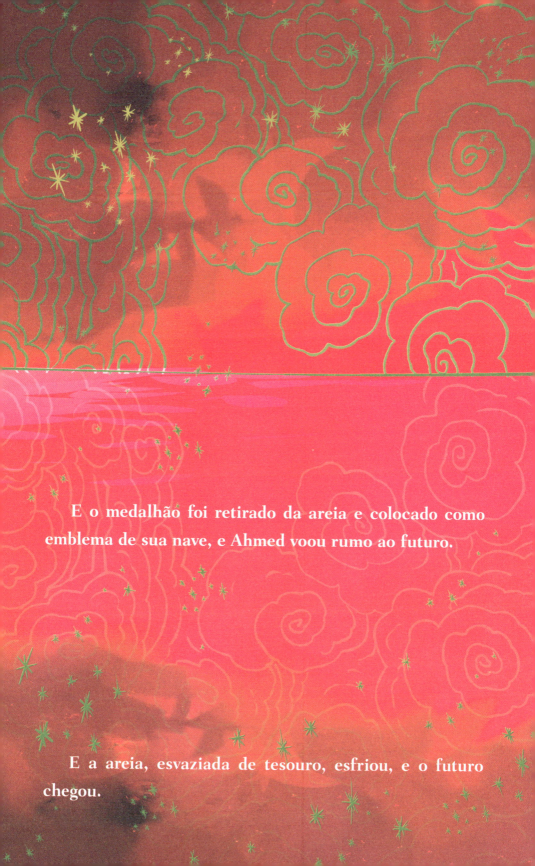

E o medalhão foi retirado da areia e colocado como emblema de sua nave, e Ahmed voou rumo ao futuro.

E a areia, esvaziada de tesouro, esfriou, e o futuro chegou.

Copyright © 1998 by Ray Bradbury
Ilustrações © 2021 Jefferson Costa
Copyright da tradução © Editora Globo S.A.

Todos os direitos reservados. Nenhuma parte desta edição pode ser
utilizada ou reproduzida – em qualquer meio ou forma, seja mecânico
ou eletrônico, fotocópia, gravação etc. – nem apropriada ou estocada em
sistema de bancos de dados, sem a expressa autorização da editora.
Texto fixado conforme as regras do Acordo Ortográfico da
Língua Portuguesa (Decreto Legislativo nº 54, de 1995).

Título original:
Ahmed and the Oblivion Machines

Editor responsável: Lucas de Sena
Assistente editorial: Jaciara Lima
Preparação: José Ignácio Coelho Mendes Neto
Revisão: Érika Nogueira Vieira
Projeto gráfico e capa: Delfin [Studio DelRey]

1ª edição, 2021

CIP-BRASIL. CATALOGAÇÃO NA PUBLICAÇÃO
SINDICATO NACIONAL DOS EDITORES DE LIVROS, RJ

B79a

    Bradbury, Ray, 1920-2012
    Ahmed e as máquinas esquecidas : uma fábula / Ray Bradbury ; ilustração Jefferson Costa;
tradução Samir Machado de Machado. - 1. ed. - Rio de Janeiro : Biblioteca Azul, 2021.
    64 p. : il. ; 23 cm.

    Tradução de: Ahmed and the oblivion machines
    ISBN 978-65-5830-140-0

    1. Ficção. 2. Literatura infantojuvenil americana. I. Costa, Jefferson. II. Machado,
Samir Machado de. III. Título.

21-72889

CDD: 808.899282
CDU: 82-93(73)

Camila Donis Hartmann - Bibliotecária - CRB-7/6472

Direitos de edição em língua portuguesa
para o Brasil adquiridos por
Editora Globo S. A.
Rua Marquês de Pombal, 25
20230-240 – Rio de Janeiro – RJ
www.globolivros.com.br

Este livro, composto na fonte Fairfield,
foi impresso em papel Pólen bold 90 g/m², na AR Fernandez.
São Paulo, outubro de 2021.